PASSELIVRE

Tininho, o folgado

Pedro Bloch

Ilustrações de
Eduardo Albini

ibep
jovem

© Companhia Editora Nacional, 2005.
© IBEP, 2012

Presidente	Jorge A. M. Yunes
Diretor superintendente	Jorge Yunes
Diretora editorial	Beatriz Yunes Guarita
Gerente editorial	Antonio Nicolau Youssef
Editora	Sandra Almeida
Assistente editorial	Giovana Umbuzeiro Valent
Revisores	Edgar Costa Silva
	Fernando Mauro S. Pires
	Giorgio O. Cappelli
Editora de arte	Sabrina Lotfi Hollo
Assistentes de arte	Claudia Albuquerque
	Priscila Zenari
Produtora gráfica	Lisete Rotenberg Levinbook
Ilustrador	Eduardo Albini

CIP-BRASIL. CATALOGAÇÃO-NA-FONTE
SINDICATO NACIONAL DOS EDITORES DE LIVROS, RJ

B611t

Bloch, Pedro, 1914-2004
   Tininho, o folgado / Pedro Bloch ; ilustração Eduardo Albini. - São Paulo : IBEP, 2012.
   il.   (PasseLivre)

   ISBN 978-85-342-3493-1

   1. Literatura infantojuvenil brasileira. I. Albini, Eduardo, 1956-. II. Título. III. Série.

12-6927.   CDD: 028.5
                                                                                     CDU: 087.5

21.09.12   11.10.12   039428

1ª edição – São Paulo – 2012
Todos os direitos reservados

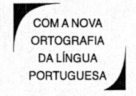

IBEP

COM A NOVA
ORTOGRAFIA
DA LÍNGUA
PORTUGUESA

Av. Alexandre Mackenzie, 619 – CEP 05322-000 – Jaguaré
São Paulo – SP – Brasil – Tels.: (11) 2799-7799
www.editoraibep.com.br – editoras@ibep-nacional.com.br

Tininho, o folgado

Tuca queria um *videogame* ou então um autorama. Podia ser também um cachorrinho, quem sabe uma bola. Mas não. Haviam lhe arranjado um irmãozinho que ele achava um grande folgado mesmo antes de nascer.

Esta é a história das estrepolias de Tuca durante o finalzinho da gravidez de sua mãe, Lia. Inconformado com as atenções que o bebê recebe de todos, o menino apronta mil artes para enfrentar o drama do ciúme, do medo do abandono.

Parece engraçada, mas é de certa forma doída essa história, talvez bem parecida com a sua e com a de tantas outras crianças...

I

– Mamãe, será que minha bola vai estourar? – pergunta Tuca, com a enorme bola azul de encher entre as mãos. Lia andava com os nervos pipocando na pele. Não tinha paciência que chegasse.
– Sei lá, menino! Como é que eu vou saber?
– Pensei... – tenta o pequenino.
– É só não pensar bobagem – faz a mãe, deixando o garoto na dúvida. – Pense em outras coisas.
– Que coisas? – quer saber Tuca.
– Borboletas, desenho, sei lá!
Tuca baixou a cabeça e continuou segurando a bola, com tanto cuidado, com tantos dedos, que parecia ter uns mil, pelo menos.
É. A mamãe não tinha paciência, mesmo. Sabia que estava grávida, esperando. Quando se diz que mamãe está esperando, não está esperando pela gente. Está mas é esperando nenê. E o chatinho que ia nascer já tinha até nome, poxa! Altino. E apelido: Tininho.
E aquele tal de Tininho, ainda dentro da barrigona

— tenta o pequenino.
ão pensar bobagem – faz
o na dúvida. – Pense em outra
coisas? – quer saber *Tuca*.
oletas, desenho, sei lá!
aixou a cabeça e continuou
n tanto cuidado, com tanto
mil, pelo menos.

e, que ainda nem é be
m, com toda aquela mord
por conta da mãe e nem qu
nha tudo de bandeja.

Aquilo pra *Tuca* era uma coisa muito i
tante. Tinha pedido para o papai a bo
Pap tempo. Pediu a stav
Correu pra cas
ucas.

da mãe, ainda dentro do útero, já dava umas dicas do que ia ser ao nascer, já ia aprontando umas e outras.
– Ué!
– Ué nada! Chupava dedo, dava pontapé, se mexia todo dentro daquele líquido todo e...
– Que líquido?
– Dentro da barriga da mãe tem um líquido.
– E ele sabe nadar?!
– Não.
– Então como é que ele...
– Espere aí. O bebê, que ainda nem é bebê, fica naquele bem-bom, com toda aquela mordomia, deixando tudo por conta da mãe e nem querendo outra vida. Ganha tudo de bandeja.
– Como é que a bandeja...
Desiste de fazer mais perguntas.
– Mãe, será que a minha bola vai estourar?
Aquilo pra Tuca era uma coisa muito importante. Tinha pedido para o papai encher a bola. Papai não tinha tempo. Pediu ao tio. O tio estava ouvindo música. Correu pra casa do vizinho e encontrou o velho Lucas.
– Enche pra mim? – pediu Tuca.
O velho era só riso e ternura. Carinho era com ele mesmo:
– Você enche, hein, menino! – riu. Mas concordou.
Encheu o pulmão e, em vez de sair ar, o que saiu primeiro foi uma bruta tosse. Era por causa do cigarro de palhinha.
Tuca ficou com medo de que ele não conseguisse.
Lucas encheu o pulmão outra vez e soprou.
Para alegria e surpresa de Tuca, a bola foi enchendo,

enchendo, enchendo, até quase estourar. O velho, aí, vitorioso, com a melhor técnica, deu um nó e restituiu a bola a Tuca:

– Pronto.

– Obrigado.

Saiu correndo. Entrou em casa com mil cuidados e a empregada, a Fina, quase esbarra na bola.

– Olha a minha bola, poxa! – alertou o pirralho[1].

Fina solta:

– Nunca vi menino mais "bolento[2]", Nossa Senhora!

---

[1] Pirralho: menino pequeno.
[2] Bolento: encrenqueiro.

Tuca passa diante dela com a bola e dá um raspão, sem querer.

– Cuidado com o menino, peste! – grita Lia, com uma voz de garça[6].

– Como é que você sabe que vai ser menino? – quer saber Tuquinha, já com um ciúme do tamanho do gigante do circo, na voz e nos olhos. – E se for jacaré?

– Engraçadinho! – faz papai Nando.

– Claro que vai ser menino!

E procurando conquistar:

– Você não gostava de ter um irmãozinho pra brincar? Não é o maior barato?

– Não, pai – confessa Tuca. – Eu queria era um atari[7].

– É, não é?

– Ou autorama.

---

[6] Voz de garça: voz aguda.
[7] Atari: marca de *videogame*.

Enquanto mamãe estava toda perequetetes[4], se preparando pro nascimento de Tininho, Tuca só queria saber de não saber de nada.

Não estava entendendo direito o "espírito da coisa[5]". Mamãe, que detestava qualquer tipo de exercício, fazia uma ginástica especial, para evitar as dores do parto, do nascimento do cara. Tomava remédio amargo, ia ao médico, comprava do bom e do melhor, sempre pro menino que ia nascer. Dá pra entender? E ele, Tuca, que já tava nascido, não tinha vez pra nada.

– Mãe, se eu largar a bola, ela sai voando? – se angustia o menino.

– Sei lá, Tuca! Dá uma folga, tá!

A impaciência da mãe, já sabia o filho, era por causa do folgado que ia nascer. Folga era só com o Tininho.

---

[4] Perequetetes: alegre, contente.
[5] Espírito da coisa: significação, sentido.

meus cálculos faltam quare
médico diz que eu devo estar engar
são diferentes das minhas.
uantos dias faltam pro ne
uma amiga, que vivia ind

II

– Mãe, minha bola é meio verde, né? – pergunta Tuca.
– Vê se resolve de uma vez, menino. Você não disse que era azul?
Ele justifica:
– É azul meio verde. Olha só.
E mamãe Lia lá tinha tempo pra ver? O menino podia até ser daltônico[3], que é pessoa que confunde as cores, mas aquilo, no momento, não era problema.
O que mamãe queria era curtir o tal de Tininho:
– Olha só o pontapezinho dele! – se alegrava ela, botando a mão do papai na barriga dela. – Está sentindo? Tá?
– Chuta mais que o "Dinamite" – diz feliz o Nando.
– E você, Tuca? Quer sentir o pontapezinho dele?
Tuca não pode largar a bola. Só grita:
– Que folga, hein! Ainda nem nasceu e já tá chutando.

---

[3] Daltônico: aquele que sofre de daltonismo, que é a incapacidade para diferenciar cores (em especial o vermelho).

III

Mamãe, de repente, se lembra dos conselhos da psicóloga e quer preparar Tuca. Ciúme é fogo!
– Você, Tuca, vai ajudar a criar o bebezinho, não vai?
Tuca ajeita a bola e muda de assunto:
– Ele vai nascer feio, careca e sem dente, né? E vai chorar paca e acordar todo mundo de noite.
– Pode ser.
Tuca não perdoa:
– E nu.
– Claro! Você queria que ele estivesse vestido na barriga da mãe?
Tuca não tem falsidade, não tem hipocrisia[8]:
– Eu não queria ele nem vestido, nem nu. Eu queria era um cachorrinho.
Mamãe ainda tenta conquistá-lo:
– Poxa, menino! Que coisa! Papai e mamãe fazem um sacrifício enorme pra que você tenha um irmãozi-

---

[8] Hipocrisia: fingimento, falsidade.

nho, um amiguinho pra brincar, e você não quer ver ele nem pintado, é?

– Nem pintado, nem nascido! – irrita Tuca. – Ninguém pediu. Amigo eu já tenho, de montão, na escola. E chega. Eu queria era outra bola. Se essa estourar... Será que ela estoura, mãe?

Ela não responde.

– E como é que ele vai nascer?

Tuca é tão cara de pau que finge que não sabe.

– Ele sai, não é? Sai como?

– Saindo. Você não vai, agora, bancar o boboca e dizer que não sabe.

– E se não sair? – desafia o pequeno.

– Se não sair a gente faz uma cesariana – explica Lia.

– Como é isso? – solta a curiosidade do menino.

– O médico corta a barriga da mãe e pronto. O bebê sai pelo corte.

– Tá vendo? – grita vitorioso Tuca. – Tá vendo? Não sabe nem nascer direito. Já vem cortando você. É um folgado, tá! É o rei da folga. Eu, quando nasci, não cortei nem figurinha.

– Deixe de ser boboca, menino! – diz o pai. – Você nem sabe do que está falando.

– E não deu na televisão? – responde Tuca. – Deu até...

O pai ri:

– É nisso que dá criança ficar acordada até as 11 da noite. Vê tudo que não é pra ver.

Tuca, se não fosse o ciúme, ia achar graça:

– Já vi nascer gato, já vi nascer cachorrinho, já vi nascer ovo. Não é a mesma coisa?

– Claro que é, meu filho!

Tuca conclui:
– Só não vi foi nascer elefante, nem girafa. Como é que cabe, né? Com aquela tromba toda e aquele pescoção!

IV

Tuca começou a fazer das suas.

Aquele garoto que ia nascer, aquele folgado duma figa[9], não estava, de jeito nenhum, em seu programa. E todo mundo ocupado com o menino, que nem era gente, como se nunca tivesse nascido ninguém no mundo, pô! Toda aquela movimentação em torno do menino que ia nascer, daquele menino des-co-nhe-ci-do, era demais. Dava pra encher, poxa!

Tuca resolveu deixar a bola, cui-da-do-sa-men-te, na cama dele. Mas não é que o diabo da bichinha começou a subir e foi parar no teto? Ué! Não era bola só de encher. Era bola de subir, também!

E agora?

De momento era melhor deixar a bola lá em cima, mesmo.

E se chamasse o Juninho pra brincar com ele?

Não. Ele ia logo perguntar pelo irmãozinho novo ou então ia querer jogar no gol.

---

[9] Duma figa: manifestação de pouca consideração ou estima em relação a alguém.

V

    E as amigas que a mamãe recebia não davam uma folga:
— Quer dizer, Lia, que você está esperando um homenzinho, né?
— É o que Nando quer. Sabe como homem é.
— Se for parecido com o pai, vai ser lindo de morrer.
— Claro que vai ser parecido! Vai ser cara de um, xerox do outro.
    Ninguém se lembrava, ao menos, de dizer que podia ser parecido com o irmãozinho Tuca.

* * *

    Tuca não sabia o que fazer dele mesmo. Estava sobrando pra todos. Até para ele mesmo.
    Ninguém o ouvia, ninguém lhe falava, ninguém tava com nada.
    Aquelas coisas chatas da mamãe, de mandar fazer tudo e parar com tudo, nem vinham. Não mandava tomar banho.

Não mandava pentear cabelo.
Nem dizia mais "não faz isso, menino".
Tuca, de começo, estranhou tanta falta de "não".
Na hora de comer, ninguém mais se importava se ele não comia legume, se fazia manha ou não, se sentava direito, se lambuzava a cara de feijão.
Tudo estava "bem".

VI

Só que Tuca não estava gostando nada daquilo.
– Quantos dias faltam pro nenê nascer? – pergunta a uma amiga, que vivia indo ao supermercado com Lia.
Mamãe sorri:
– Pelos meus cálculos faltam quarenta dias, mas o médico diz que eu devo estar enganada. As contas dele são diferentes das minhas.
Tuca ouvia. Sabia que criança nasce de nove meses, embora alguém da vizinhança tivesse falado em sete e oito. Tem bicho que leva mais e menos tempo, dependendo. Peixe é diferente. Ovo de galinha, também. Tuca ficou cismado com aquela história de contas. Conta que ele conhecia era de dois mais dois. Conta de nascer irmãozinho chato era outra coisa. Era novidade.
Mas não quis dar parte de ignorante e ficou calado.
Como ninguém lhe dava mesmo atenção, resolveu apelar para a ignorância.
Quis bagunçar o coreto[10], pisar na bola, embolar o meio de campo.

---

[10] Bagunçar o coreto: provocar desordem, confusão.

Como quem não quer nada, começou a tirar coisas de cima da mesinha e a botar no chão.
Nada!
Resolveu andar, arrastando os pés e riscando o chão encerado.
Nem te ligo!
Brincou de trenzinho, apitando, resfolegando[11] (tchoc-tchoc), e parecia que ninguém via. Chegou a desconfiar de que era o menino-invisível.
Ninguém via o que sempre irritava todo mundo. Moita[12] total.
Aí o pequeno resolveu botar pra quebrar[13].
Uma jarra linda, dessas que mamãe adora, estava ali, diante dele, pedindo... Ela foi sendo deslocada, vagarosamente, va-ga-ro-sa-men-te, de milímetro em milímetro. Olhou a mãe e ela olhou pro Tuca. Minto. Olhou é uma maneira de dizer. Parecia que estava olhando, mas era só impressão, porque, na verdade, ainda estava falando com dona Graça, uma vizinha muito fofoqueira, muito leva e traz[14], sobre as delícias da maternidade e as chaturas da mesma. Se tivesse leite ia dar de mamar ao Tininho.

– Graça, você não calcula como engordei nesses dias. Uma coisa!

– Gravidez é assim mesmo – faz a outra.

– E as coisas que tenho vontade de comer! Outro dia, imagine, quis sardinha com pepino.

– Que horror! – diz Graça.

– Horror nada! Uma delícia!

___

[11] Resfolegar: respirar com ruído.
[12] Moita: silêncio.
[13] Botar pra quebrar: agir radicalmente.
[14] Leva e traz: intrigante.

— Graça, você não calcula como engor[da]s. Uma coisa!

— Gravidez é assim mesmo — faz a outra.

— E as coisas que tenho vontade de com[er,] imagine, quis sardinha com pepin[o...] [ho]rror! — diz Graça.

— [Ai]nda! Uma delícia!

23

VII

Tuca não aguentava mais aquilo. Deu a impressão, de repente, de que iam mudar de assunto. Quem disse? Era tudo, mas tudo, em relação ao Tininho, o tal que estava na barriga, o folgado, o chutador, o boa-vida. Parecia que Tininho era o rei do mundo.
– Já tem as roupinhas dele? – pergunta a amiga.
– Nem me fale! Ainda tenho que aprontar mil coisas.
"Mil, é?", pensa Tuca. Tudo bem. Só que ninguém mais pensava em comprar roupas pra ele. Não é que ligasse muito pra esse negócio de roupa. Preferia brinquedo ou chocolate. Mas assim já era demais. Era roupa pra nenê. Caminha pra nenê. Dieta por causa do nenê. Parecia que nunca tinha nascido nenhum nenê neste mundo, poxa!
Bicho é que é inteligente. Não faz onda nenhuma. Os gatinhos nascem brincando, os cachorrinhos chegam de montão e é só dar de mamar e pronto. Cavalinho, então, é uma beleza. Joia! Mal acaba de nascer e já fica nas quatro patinhas e, daí a pouco, está correndo como se não tivesse feito outra coisa na vida. Já pensou ele chutando com as quatro patinhas na barriga da mãe?

VIII

Tuca, de repente, pensou uma coisa curiosa. Pra ele, pelo menos. De gente só nasce gente, não é? De bicho só nasce bicho. Mas por que é que uma vaca nunca teve uma zebrinha? Por que é que de ovo de galinha nunca nascia pato? Ou aquele bicho de andar todo desequilibrado chamado avestruz?

Tuca levou um susto quando ouviu:
– Venha tomar seu banho, menino!

Poxa! Até que enfim a mamãe tinha se lembrado dele! "Pois é, mãe. Eu sou o Tuca, sabia? Você ainda lembra de mim?"

Mas a ilusão durou pouco.

A voz que o chamava era de Fina, a empregada.

Foi pro banho disposto a fazer o maior auê[15]. Berrou, fingindo que tinha sabão nos olhos, pediu pra fazer xixi três vezes, molhou a mulher toda e esparramou coisas pelo chão; jogou o sabonete dentro do vaso, fez o diabo!

---

[15] Auê: tumulto, confusão.

Pintou mais que o sete[16]. O setecentos e setenta e sete.

O pior é que não conseguiu chamar a atenção da mamãe. Só conseguiu foi umas palmadinhas carinhosas de Fina.

Deitou para dormir, depois de um jantar agitado e de uns desenhos de TV mais agitados ainda, e sonhou que o irmãozinho que ia nascer tinha cara sabem de quê? De quem comeu e não gostou. Isto é: cara de careta. Bem feito!

---

[16] Pintar o sete: praticar travessuras.

IX

Tuca, como era de esperar, começou a chupar dedo, a roer unha e a piscar olho. Tudo que fosse cacoete era com ele mesmo. Naquele dia fez mais: resolveu não ir pra escola. Queria porque queria ficar perto da mamãe. Pronto. Quem não gostou que gostasse. Mas mamãe não caiu nessa.
– Vai, sim senhor!
– Não vou.
– Vai. O senhor não está doente, hoje não é feriado, nem nada, hoje ninguém descobriu o Brasil; não vejo motivo para que um "homem" do seu tamanho falte à aula. Você é ou não é o homenzinho que vai tomar conta da mamãe?

Tuca não desistiu:
– Eu quero escola de ler. Não quero escola só de brincar – berrou o engraçadinho.

E pra completar ainda mentiu:
– Minha escola não tá com nada.
– E você lá tem idade pra ler, menino? Só lê figura!

A mentira cresceu:
— A tia, na escola, só fica ensinando bobagem de não fazer nada.
— Que ideia é essa, bobão? Você não brinca? Não desenha? Não canta? Não faz esporte? Não tem piscina e tudo?
— Tem. Mas estudar que é bom...
— Criança da sua idade brinca, entendeu? Sua obrigação é brincar. O estudo vem depois. Você não tem até uma plantinha pra cuidar? Quem é que trata do coelhinho? Quem é?
Tuca achou graça:
— A senhora pensa que eu sou bobo, né? Plantinha e coelhinho não interessa. Eu não vou ser plantor.
— Plantador — corrige a mãe.
— Pois é. E coelho é muito bom pra trazer ovo de Páscoa. Tá pensando que eu sou bocó, que nem esse que tá na sua barriga, é?
Lia tenta ainda:
— E os seus amiguinhos? Já não servem pra nada, é? Com quem é que você brinca, ri, pula, joga?
Aí Tuca pega a mãe de surpresa:
— Brinco com meus amigos, sim. Por isso é que eu não preciso de irmão. O padre falou que "somos todos irmãos". Não preciso de mais um pra encher.
— É, não é?
E o menino se vinga:
— E a senhora já reparou como a senhora ficou feia com essa barrigona toda? Sabe o que a senhora parece? Uma elefantoa.
— Que é isso, menino? E que elefantoa é essa?

Ele está a mil:
— Olha só no espelho. Olha se tem coragem. Olha, se você é homem.
Maldoso:
— Tudo por causa desse folgado aí. Tudo por causa desse Tininho que eu nem conheço. Deixa só ele nascer, pra senhora ver o que é bom.
— Menino, você tá pedindo chinelo.
E Tuca, se fazendo de desentendido:
— Não precisa. Já tenho sapato.

X

Como nada estava dando o resultado que ele esperava, Tuca resolveu sujar as paredes com seus lápis coloridos.

Queria, ao menos, levar uma boa surra. Mas uma surra dada de coração, pra ver se a mãe deixava de pensar na porcaria daquele cara que ia nascer com cara de rinoceronte.

Não deu o menor resultado. Em vez de qualquer revolta, só ouviu um comentário de doce compreensão:

– É natural. O menino quer se infantilizar, se fazer de nenezinho, por causa do irmãozinho que vai nascer. Precisa chamar a atenção.

E essa vocês nem vão acreditar:

A mãe elogiou o desenho das paredes!

Mas Tuca não ficou nisso. Ah! Não!

Voltou a falar errado. A dizer "totatola", "tavalinho". Só pra ver se irritava. Mas nada de conseguir.

É natural. O ~~1.~~
fazer de nenezinho,
vai nascer. Precisa ch

XI

Até que, um dia, resolveu dar o sumiço. Aí é que ele queria ver se a mãe ia continuar naquela agonia de só falar no Tininho. A mamãe ia ver só. Ia pra casa do Marcelinho, bem na moita, sem ninguém saber e dizer pra mãe do amigo: "Olha, a mamãe deixou eu dormir aqui". E Lia ia ficar aflita. Bem feito! Quem mandou fazer um irmãozinho?
E o pior é que ela mentia, poxa!
Só vivia dizendo:
— Vai ser ótimo! Coitado do Tuca! Esse negócio de ser filho único é castigo para qualquer criança. Precisa de um irmãozinho pra companhia. É um pecado o que fazem essas mães egoístas que só querem ter um filho. Egoísmo[17] purinho.
Tuca não sabia o que era egoísmo, mas sabia que irmão era uma coisa que roubava todo o carinho pra ele só.

---

[17] Egoísmo: amor excessivo ao bem próprio, sem consideração aos interesses alheios.

Não era bem assim, mas Tuca pensava, né? O que é que se vai fazer? Ninguém é dono do pensamento.
Naquela noite o menino ficou desesperado. É que papai Nando sempre lhe trazia um chocolate, quando voltava do trabalho. Naquele dia nem lembrou. Mas trouxe uma porção de coisas pro quarto novo do bebê que ia nascer. Até coisa que bebê não usa. Estava se babando todo. Só faltou comprar cachimbo. E o babadouro[18] colorido devia ser pro pai e não pro filho.
Aquilo já era demais. Tuca deu no pé e foi pra casa do Marcelo. Agora é que ele queria ver.
Mas, antes de deixar o quarto, olhou o teto.
Lá estava o balão azul.
"Será que meu balão não vai estourar?", ainda pensou Tuca. "Será?"

---

[18] Babadouro: babador, resguardo de pano, ou de qualquer material impermeável que, preso ao pescoço das crianças, evita que a baba ou a comida lhes suje a roupa.

X

Tuca deu azar. Adivinhem a primeira coisa que a mãe do coleguinha perguntou?

Ela falou assim mesmo:

– Então, vamos ter um novo irmãozinho? Que legal, né?

Tuca ficou com uma vontade louca de dizer um palavrão. Não disse porque, na hora, não soube escolher. Começou a desconfiar de que gente grande, de apelido adulto, não tinha mesmo assunto.

Mas não é que Marcelo emenda com:

– Teu irmão vai se chamar mesmo Altino?

– Vai – resmungou Tuca. – Nome de marreco.

A mãe de Marcelo quis saber:

– E você, Tuca? Tá na paquera?

– Tou não! Deus me livre!

(Como é que ela sabia que ele estava amarrado na Leninha?)

– Deus me livre por quê? Eu acho lindo um menino com namoradinha.

Marcelo dá o serviço:

— Tá sim, mãe. Ele tá de namorada e não quer dizer.

E enfeita:

— Até deu um beijo nela. Dois!

Tuca atravessou todas as cores do arco-íris de encabulamento.

— Beijei nada. Mentira dele.

— Beijou, beijou e beijou. Tá?

XIII

Era seu dia de azar, sem a menor dúvida. Peso. Tinha saído de casa pra não ouvir mais falar no tal de Tininho e ali, além de provocarem o assunto, ainda tinham descoberto seu amor secreto pela Leninha. E até o beijo. Poxa! Um beijo gostoso, todo lambuzado de sorvete de morango.

– Vamos lanchar, meninos! – gritou a mãe de Marcelo.

A mulher serviu uma mesa de nem Antônio Houaiss[19] botar defeito. Do bom e do melhor. Ali Tuca pôde se esbaldar. Comeu, bebeu, bisou[20], descontou toda aquela fome que a pirraça[21] cultivava em casa.

– Esse menino precisa de psicóloga! – havia dito o pai, dizendo e fazendo tudo que uma psicóloga jamais mandaria fazer.

---

[19] Antônio Houaiss: escritor, filólogo (especialista no estudo de uma língua em toda a sua amplitude e dos documentos que servem para documentá-la), crítico literário e diplomata.
[20] Bisar: repetir.
[21] Pirraça: coisa feita de propósito com o intuito de aborrecer, contrariar.

– É fricote[22]! – emenda a mãe. – É só ele compreender que vai ser querido do mesmo jeito, mesmo depois de Tininho nascer.

Tuca queria que Tininho fosse nascer lá pra China.

"Do mesmo jeito, é?"

– Olhe, querido. O irmãozinho que você vai ganhar vai precisar muito de sua ajuda.

Pois sim! E a mãe continuou:

– Vai nascer sem saber falar, sem saber andar, sem saber de nada. Nadinha. E você, pra ele, vai ser um verdadeiro supermenino. Ele vai adorar você e você vai adorar Tininho. Vai ver só.

– Vou, não! – adianta Tuca.

– Você vai poder tomar conta dele.

– Não sou babá.

– Vai poder ajudar a dar banhinho nele.

– Não sou sabonete.

– Vai fazer ele rir.

– Não sou palhaço.

– Vai...

– Vou nada, mãe. Nem quero ver a cara dele.

---

[22] Fricote: manha.

XIV

Pois muito bem, gente. Tuca, quando, na manhã seguinte, acordou na casa do amigo, ficou feliz.
Feliz?
Felicíssimo! Calculou o susto por que estavam passando os pais. Deviam estar na maior das agonias. Uma noite inteira sem que ele aparecesse, poxa! Em casa devia estar todo aquele movimento assustado. Já deviam ter telefonado pra polícia, pra todo mundo e mais cem. A mãe era até capaz de ter tido um troço[23].
Tomou café com Marcelo. Bem devagar. Quis demorar o máximo. Eles iam ver só uma coisa. Iam ver como é bom fazer um irmãozinho novo, sem ninguém pedir. Iam ver como é bom ficar comprando coisas pro nenê o tempo todo e esquecer até do chocolate pra ele, coitado!
O pai não queria mais ver os desenhos da escola nem o boletim.
Foi tomando o café devagarinho, devagarinho, que nem naqueles filmes em câmera lenta, em que parece

---

[23] Ter um troço: ter um mal-estar indeterminado.

que a mão nunca acaba de se levantar e em que corrida é só no devagar.
— Come outro biscoito, menino! — faz a mãe do colega. — Assim mamãe vai pensar que eu deixei o coleguinha de meu filho passar fome. E tua namoradinha vai me chamar de pão-duro[24].
— Obrigado — falou baixinho Tuca.
— E passe geleia nesse biscoito, tá?
— Tá, sim senhora.
— E, quando você voltar, dê lembranças a papai, mamãe e ao... como é, mesmo, o nome dele?
Tuca quer sumir de ódio. Ela deve estar careca de saber o nome do carequinha que vai nascer. E responde:
— O nome dele? Eu acho que o nome dele vai ser...
E solta um palavrão que deixa dona Cleo, a mãe de Marcelo, sem fala. Só que Tuca nem desconfia o que aquilo quer dizer.

---

[24] Pão-duro: avaro, mesquinho, sovina.

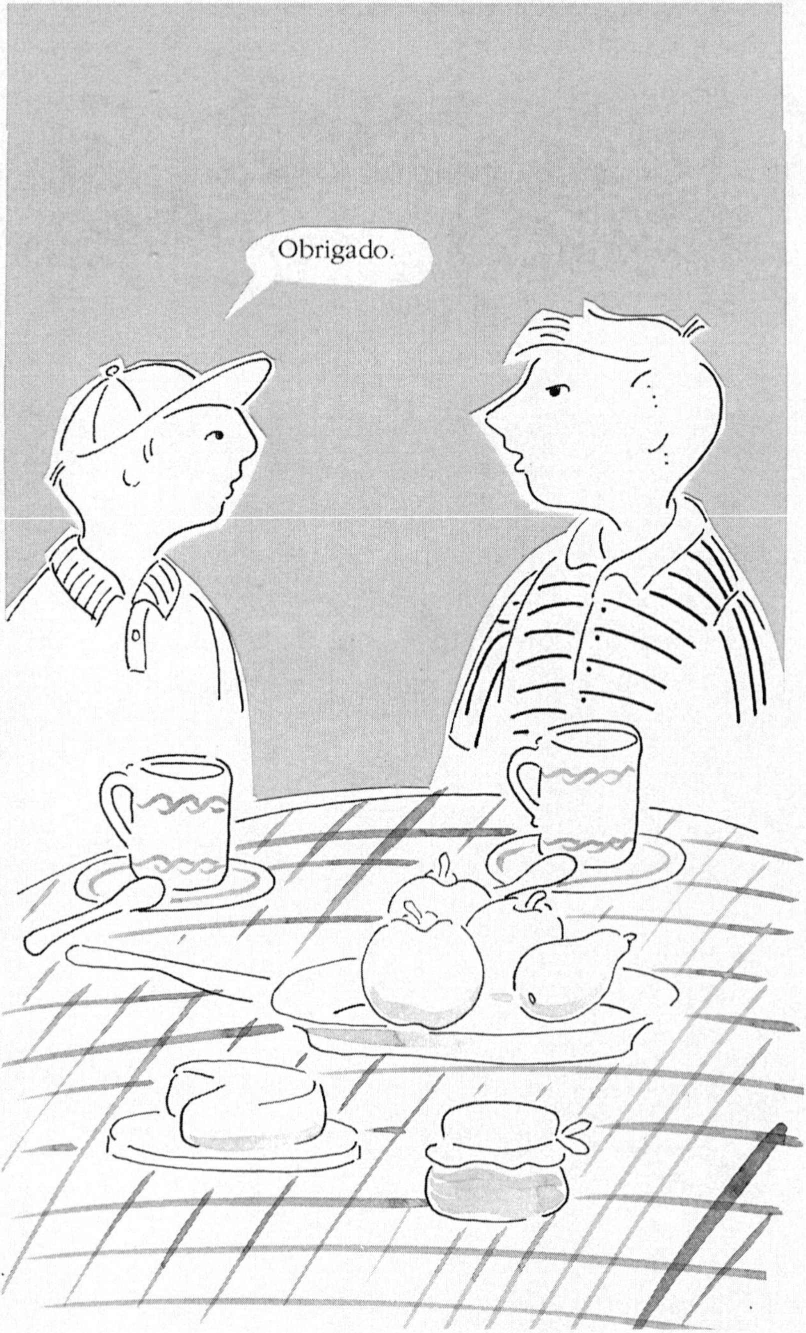
Obrigado.

XV

Tuca volta pra casa.
O pessoal ainda está no começo do café. Tudo com a felicidade estampada no rosto. Parecia até festa, poxa! Ninguém estava aflito.
Ninguém estava telefonando pra polícia.
Ninguém estava falando em sequestro, nem nada.
Estavam mas era discutindo novela.
Tuca ficou com cara de não sei o quê.
Sentou à mesa, esperando que alguém se manifestasse. Quase que grita: "Estou aqui, gente! O Tuquinha! A joinha do papai!"
Lia não abriu a boca.
O pai só abriu a boca pra continuar comendo sua torrada.
Tuca queria sumir. Nem precisava. Era como se nem estivesse.
Tossiu. Nada. Pigarreou. Nada. Gemeu. Nada. Resolveu pedir:
— Me dá aquele doce, mãe?
Dona Lia resolveu dar uma de severidade:

— Não tem mão, menino? É só pegar, né? E doce demais estraga os dentes, sabia?

Tuca olha em torno. Calado. Desiste do doce. Quer, ao menos, saber se alguém tinha ficado aflito e vem com:

— Eu "tive" na casa do Marcelo.

— Tudo bem — faz a mãe. — E como vai dona Cleo?

— Tá boa.

— Ótimo!

Tuca não se conforma:

— Passei a noite lá. A "gente ficamos" acordado até duas horas.

Fica esperando carão[25] que não vem.

— Fez muito bem. Eu calculei logo. Quando você não está aqui, está em casa do Marcelo. É um descanso.

— A senhora... não telefonou?

— Que é que você acha?

— O telefone estava estragado?

— Não. Mas eu estava preparando minhas coisas. Antes de ir pro hospital.

E, quando Tuca deixa a mesa, diz pro marido:

— Viu como ele está? Pensa que eu nem telefonei pra saber dele com a Cleo. Veja você!

---

[25] Carão: repreensão, reprimenda.

43

XVI

Lia estava sendo operada. O papai, andando de um para outro lado. Não estava fumando um cigarro atrás de outro, como acontece nos filmes com pais que estão esperando filho nascer. Pior. Ficava mascando chiclete o tempo todo, numa mascação de irritar, e perguntando, a toda hora, pra enfermeira, se havia alguma "novidade".
A novidade devia ser o tal do Tininho.
Marcelo tinha vindo fazer companhia a Tuca e ficou mostrando as duplicatas de suas figurinhas de animais. Só não tinha hipopótamo.
– Não faz mal – faz Tuca. – Vai ser a cara do Tininho.
De repente Tuca leva o maior susto, porque a enfermeira, uma gorda muito alegre, vem anunciar quase gritando:
– Gêmeos! São gêmeos! Lindos!
Tuca vai desmaiar. Gêmeos era dose! Agora, mesmo, é que ele não ia ter vez. Dois garotos pendurados nos seios da mãe, cara! Nem pensar!
Mas aí é que Tuca percebe que a enfermeira não

está falando com o pai. Está dando a notícia a um tal de "seu" Fonseca, que diz:
– Gêmeos? Ótimo. Pelo tamanho da barriga pensei que eram três. Só fica faltando um pra inteirar o time.
– E minha mulher? – quer saber Nando.
– Tudo bem. Só um pouquinho de paciência. Está na sala de cirurgia. Mas fique tranquilo. Quer um cafezinho?
– Obrigado.
E dirigindo-se a Tuca:
– Você é que está de parabéns. Vai ganhar um irmãozinho lindo. Quer bala?

XVII

Tuca não quer papo. Só pensa:
"Calcule se mamãe cisma de ter dois folgados de uma vez só".
Os minutos vão passando e Tuca começa a se afligir. Que terá acontecido com a coitada da mamãe? O ciúme dá lugar ao medo. Por que estava demorando tanto? O pai olha para o menino e disfarça seu temor. Aperta a mãozinha dele como que pedindo socorro.
Tuca consegue dizer:
– Tudo bem, pai. Tudo bem. Você vai ver só.
– Estão demorando demais, poxa!
– Vai ver que o Tininho ainda não está maduro. Tá verde.
Naquele mesmo instante se ouve uma voz:
– O senhor está de parabéns. Tudo perfeito. Três quilos e duzentos gramas.
Nando dá um pulo e se abraça com o filho, feliz:
– Nasceu, Tuca! Nasceu! Tininho nasceu. Tininho!
– Só tem uma coisa – diz a enfermeira, séria.
– Minha mulher está bem? – se assusta Nando.
– Está ótima!

– Então...
– É que não é Tininho, doutor. É Tininha.

* * *

Tuca respira aliviado.
Marcelo olha pro amigo e diz:
– Tá vendo?
– Tá vendo o quê? – disfarça Tuca conformado. – Vai ver que ela vai ser ainda mais folgada que o Tininho.
– Daqui a pouco vocês vão poder ver a menina – avisa a enfermeira.
Tuca tem vontade de soltar "ninguém me chama pra ver ninguém", mas fica quieto.
Daí a pouco, na hora agá[26], não resiste e acompanha o pai.
– Não é a coisinha mais linda do mundo, meu filho? – se baba Nando.
Tuca entrega os pontos:
– É, pai. Fofinha. E tão bonitinha que nem parece irmã. Parece prima.
E propõe:
– Vamos ver mamãe?
Nando pega da mão de Tuca e entram no quarto.

* * *

À noite, em seu quarto, Tuca olha o teto. Lá está.
A quem é que ele vai perguntar, naquela hora: "Será que o balão vai estourar?"

---

[26] Hora agá: hora H; o momento preciso, exato.

Tuca pensa, pensa, pensa e vira pro outro lado pra dormir, dizendo pra ele mesmo:
– Se estourar, eu compro outro.
Sentiu que já era grandinho. Já era hora de ele mesmo resolver problemas de balão azul.